# Le Rôle du Travail dans la Transformation du Singe en Homme

Friedrich Engels

# LE RÔLE DU TRAVAIL DANS LA TRANSFORMATION DU SINGE EN HOMME

Le travail, disent les économistes, est la source de toute richesse. Il l'est effectivement… conjointement avec la nature qui lui fournit la matière qu'il transforme en richesse. Mais il est infiniment plus encore. Il est la condition fondamentale première de toute vie humaine, et il l'est à un point tel que, dans un certain sens, il nous faut dire : le travail a créé l'homme lui-même.

Il y a plusieurs centaines de milliers d'années, à une époque encore impossible à déterminer avec certitude de cette période de l'histoire de la terre que les géologues appellent l'ère tertiaire, probablement vers la fin, vivait quelque part dans la zone tropicale vraisemblablement sur un vaste continent englouti aujourd'hui dans l'océan Indien une race de singes anthropoïdes qui avaient atteint un développement particulièrement élevé. Darwin nous a donné une description approximative de ces singes qui seraient nos ancêtres. Ils étaient entièrement velus, avaient de la barbe et les oreilles pointues et vivaient en bandes sur les arbres.

Sous l'influence, au premier chef sans doute, de leur mode de vie qui exige que les mains accomplissent, pour grimper, d'autres fonctions que les pieds, ces singes commencèrent à perdre l'habitude de s'aider de leurs mains pour marcher en terrain plat et adoptèrent de plus en plus une démarche verticale. Ainsi était franchi le pas décisif pour le passage du singe à l'homme.

Tous les singes anthropoïdes vivant encore de nos jours peuvent se tenir debout et se déplacer sur leurs deux jambes seulement ; mais ils ne le font qu'en cas de nécessité et avec la plus extrême maladresse. Leur marche naturelle s'accomplit en position à demi verticale et implique l'usage des mains. La plupart appuient sur le sol les phalanges médianes de leurs doigts repliés et, rentrant les jambes, font passer le corps entre leurs longs bras, comme un paralytique qui marche avec des béquilles. En général, nous pouvons aujourd'hui encore observer chez les singes tous stades du passage de la marche à quatre pattes à la marche sur deux jambes. Mais chez aucun d'eux cette dernière n'a dépassé le niveau d'un moyen de fortune.

Si, chez nos ancêtres velus, la marche verticale devait devenir d'abord la règle, puis une nécessité, cela suppose que les mains devaient s'acquitter de plus en plus d'activités d'une autre sorte. Même chez les singes, il règne déjà une certaine division des fonctions entre les mains et les pieds. Comme nous l'avons déjà dit, la main est utilisée d'une autre façon que le pied pour grimper. Elle sert plus spécialement à cueillir et à tenir la nourriture, comme le font déjà avec leurs pattes de devant certains mammifères inférieurs. Beaucoup de singes s'en servent pour construire des nids dans les arbres ou même, comme le chimpanzé, des toits entre les branches pour se garantir du mauvais temps. Avec la main ils saisissent des bâtons pour se défendre contre leurs ennemis ou les bombardent avec des fruits et des pierres.

En captivité, elle leur sert à accomplir un certain nombre d'opérations simples qu'ils imitent de l'homme. Mais c'est ici précisément qu'apparaît toute la différence entre la main non développée du singe même le plus semblable à l'homme et la main de l'homme hautement perfectionnée par le travail de milliers de siècles. Le nombre et la disposition générale des os et des muscles sont les mêmes chez l'un et chez l'autre ; mais la main du sauvage le plus inférieur peut exécuter des centaines d'opérations qu'aucune main de singe ne peut imiter. Aucune main de singe n'a jamais fabriqué le couteau de pierre le plus grossier.

Aussi les opérations auxquelles nos ancêtres, au cours de nombreux millénaires, ont appris à adapter peu à peu leur main à l'époque du passage du singe à l'homme n'ont-elles pu être au début que des opérations très simples. Les sauvages les plus inférieurs, même ceux chez lesquels on peut supposer une rechute à un état assez proche de l'animal, accompagnée de régression physique, sont à un niveau bien plus élevé encore que ces créatures de transition. Avant que le premier caillou ait été façonné par la main de l'homme pour en faire un couteau, il a dû s'écouler des périodes au regard desquelles la période historique connue de nous apparaît insignifiante. Mais le pas décisif était accompli : la main s'était libérée ; elle pouvait désormais acquérir de plus en plus d'habiletés nouvelles, et la souplesse plus grande ainsi acquise se transmit par hérédité et augmenta de génération en génération.

Ainsi, la main n'est pas seulement l'organe du travail, elle est aussi le produit du travail. Ce n'est que grâce à lui, grâce à l'adaptation à des opérations toujours nouvelles, grâce à la transmission héréditaire du développement particulier ainsi acquis des muscles, des tendons et, à intervalles plus longs, des os eux-mêmes, grâce enfin à l'application sans cesse répétée de cet affinement héréditaire à des opérations nouvelles, toujours plus compliquées, que la main de l'homme a atteint ce haut degré de perfection où elle peut faire surgir le miracle des tableaux de Raphaël, des statues de Thorvaldsen, de la musique de Paganini.

Mais la main n'était pas seule. Elle était simplement un des membres de tout un organisme extrêmement complexe. Ce qui profitait à la main profitait au corps tout entier, au service duquel elle travaillait, et cela de deux façons. Tout d'abord, en vertu de la loi de corrélation de croissance, comme l'a nommée Darwin. Selon cette loi, les formes déterminées de diverses parties d'un être organique sont toujours liées à certaines formes d'autres parties qui apparemment n'ont aucun lien avec elles. Ainsi, tous les animaux sans exception qui ont des globules rouges sans noyau cellulaire et dont l'occiput est relié à la première vertèbre par une double articulation (condyles) ont aussi sans exception des glandes mammaires pour allaiter leurs petits. Ainsi, chez les mammifères, les sabots fourchus sont régulièrement associés à l'estomac multiple du ruminant.

La modification de formes déterminées entraîne le changement de forme d'autres parties du corps sans que nous puissions expliquer cette connexion. Les chats tout blancs aux yeux bleus sont toujours, ou presque toujours, sourds. L'affinement progressif de la main humaine et le perfectionnement simultané du pied pour la marche verticale ont à coup sûr réagi également, par l'effet d'une corrélation semblable, sur d'autres parties de l'organisme. Toutefois, cette action est encore beaucoup trop peu étudiée pour qu'on puisse faire plus ici que la constater en général.

La réaction directe et qui peut être prouvée du développement de la main sur le reste de l'organisme est bien plus importante. Comme nous l'avons déjà dit, nos ancêtres simiesques étaient des êtres sociables ; il est évidemment impossible de faire dériver l'homme, le plus sociable des animaux, d'un ancêtre immédiat qui ne le serait pas. La domination de la nature qui commence avec le développement de la main, avec le travail, a élargi à chaque progrès l'horizon de l'homme. Dans les objets naturels, il découvrait constamment des propriétés nouvelles, inconnues jusqu'alors. D'autre part, le développement du travail a nécessairement contribué à resserrer les liens entre les membres de la société en multipliant les cas d'assistance mutuelle, de coopération commune, et en rendant plus claire chez chaque individu la conscience de l'utilité de cette coopération. Bref, les hommes en formation en arrivèrent au point où ils avaient réciproquement quelque chose à se dire.

Le besoin se créa son organe, le larynx non développé du singe se transforma, lentement mais sûrement, grâce à la modulation pour s'adapter à une modulation sans cesse développée ? et les organes de la bouche apprirent peu à peu à prononcer un son articulé après l'autre.

La comparaison avec les animaux démontre que cette explication de l'origine du langage, né du travail et l'accompagnant, est la seule exacte. Ce que ceux-ci, même les plus développés, ont à se communiquer est si minime qu'ils peuvent le faire sans recourir au langage articulé. À l'état de nature, aucun animal ne ressent comme une imperfection le fait de ne pouvoir parler ou comprendre le langage humain. Il en va tout autrement quand il est domestiqué par l'homme. Dans les relations avec les hommes, le chien et le cheval ont acquis une oreille si fine pour le langage articulé qu'ils peuvent facilement apprendre à comprendre tout langage, dans les limites du champ de leur représentation. Ils ont gagné en outre la faculté de ressentir par exemple de l'attachement pour les hommes, de la reconnaissance, etc., sentiments qui leur étaient autrefois étrangers ; et quiconque a eu beaucoup affaire à ces animaux pourra difficilement échapper à la conviction qu'il y a suffisamment de cas où ils ressentent maintenant le fait de ne pouvoir parler comme une imperfection à laquelle il n'est toutefois plus possible de remédier, étant donné la trop grande spécialisation dans une direction déterminée de leurs organes vocaux. Mais là où l'organe existe, cette incapacité disparaît aussi à l'intérieur de certaines limites.

Les organes buccaux des oiseaux sont assurément aussi différents que possible de ceux de l'homme ; et pourtant les oiseaux sont les seuls animaux qui apprennent à parler, et c'est l'oiseau à la voix la plus affreuse, le perroquet, qui parle le mieux. Qu'on ne dise pas qu'il ne comprend pas ce qu'il dit. Sans doute répétera-t-il pendant des heures, en jacassant, tout son vocabulaire, par pur plaisir de parler ou d'être dans la société d'hommes. Mais, dans les limites du champ de sa représentation, il peut aussi apprendre à comprendre ce qu'il dit. Apprenez des injures à un perroquet, de sorte qu'il ait quelque idée de leur sens (un des amusements de prédilection des matelots qui reviennent des régions tropicales) ; excitez-le, et vous verrez bien vite qu'il sait utiliser ses injures avec autant de pertinence qu'une marchande de légumes de Berlin. De même lorsqu'il s'agit de mendier des friandises.

D'abord le travail et puis, en même temps que lui, le langage tels sont les deux stimulants essentiels sous l'influence desquels le cerveau d'un singe s'est peu à peu transformé en un cerveau d'homme, qui, malgré toute ressemblance, le dépasse de loin en taille et en perfection. Mais marchant de pair avec le développement du cerveau, il y eut celui de ses outils immédiats, les organes des sens.

De même que, déjà, le développement progressif du langage s'accompagne nécessairement d'une amélioration correspondante de l'organe de l'ouïe, de même le développement du cerveau s'accompagne en général de celui de tous les sens.

La vue de l'aigle porte beaucoup plus loin que celle de l'homme ; mais l'oeil de l'homme remarque beaucoup plus dans les choses que celui de l'aigle. Le chien a le nez bien plus fin que l'homme, mais il ne distingue pas le centième des odeurs qui sont pour celui-ci les signes certains de diverses choses. Et le sens du toucher qui, chez le singe, existe à peine dans ses rudiments les plus grossiers, n'a été développé qu'avec la main humaine elle-même, grâce au travail.

Le développement du cerveau et des sens qui lui sont subordonnés, la clarté croissante de la conscience, le développement de la faculté d'abstraction et de raisonnement ont réagi sur le travail et le langage et n'ont cessé de leur donner, à l'un et à l'autre, des impulsions nouvelles pour continuer à se perfectionner. Ce perfectionnement ne se termina pas au moment où l'homme fut définitivement séparé du singe ; dans l'ensemble, il a continué depuis. Avec des progrès différents en degré et en direction chez les divers peuples et aux différentes époques, interrompus même çà et là par une régression locale et temporaire, il s'est poursuivi d'un pas vigoureux, recevant d'une part une puissante impulsion, d'autre part une direction plus définie d'un élément nouveau qui a surgi de surcroît avec l'apparition de l'homme achevé la société.

Des centaines de milliers d'années, l'équivalent dans l'histoire de la terre d'une seconde dans la vie de l'homme, ont dû s'écouler avant que de la bande de singes grimpant aux arbres soit sortie une société humaine.

Mais, en fin de compte, elle a émergé. Et que trouvons-nous ici encore comme différence caractéristique entre le troupeau de singes et la société humaine ? Le travail. Le troupeau de singes se contentait d'épuiser la nourriture de l'aire qui lui était assignée par la situation géographique ou par la résistance de troupeaux voisins ; il errait de place en place ou entrait en lutte avec les bandes avoisinantes pour gagner une nouvelle aire riche en nourriture, mais il était incapable de tirer de son domaine alimentaire plus que celui-ci n'offrait par nature, en dehors de ce qu'il le fumait inconsciemment de ses ordures. Dès que tous les territoires susceptibles d'alimenter les singes furent occupés, il ne pouvait plus y avoir d'augmentation de leur population. Le nombre des animaux pouvait tout au plus rester constant. Mais tous les animaux pratiquent à un haut degré le gaspillage de la nourriture et en outre détruisent en germe les pousses nouvelles. Au contraire du chasseur, le loup n'épargne pas la chevrette qui lui fournira de petits chevreuils l'année suivante ; en Grèce, les chèvres qui broutent les jeunes broussailles avant qu'elles aient eu le temps de pousser ont rendu arides toutes les montagnes de ce pays. Cette « économie de déprédation » des animaux joue un rôle important dans la transformation progressive des espèces, en les obligeant à s'accoutumer à une nourriture autre que la nourriture habituelle, grâce à quoi leur sang acquiert une autre composition chimique et leur constitution physique tout entière change peu à peu, tandis que les espèces fixées une fois pour toutes dépérissent.

Il n'est pas douteux que ce gaspillage a puissamment contribué à la transformation de nos ancêtres en hommes. Dans une race de singes, surpassant de loin toutes les autres quant à l'intelligence et à la faculté d'adaptation, cette pratique devait avoir pour résultat un accroissement continuel du nombre des plantes entrant dans leur nourriture ainsi que la consommation de plus en plus de parties comestibles de ces plantes ; en un mot, la nourriture devint de plus en plus variée, et, du même coup, les éléments entrant dans l'organisme, créant ainsi les conditions chimiques du passage du singe à l'homme. Mais tout cela n'était pas encore du travail proprement dit. Le travail commence avec la fabrication d'outils. Or quels sont les outils les plus anciens que nous trouvions ? Comment se présentent les premiers outils, à en juger d'après les vestiges retrouvés d'hommes préhistoriques et d'après le mode de vie des premiers peuples de l'histoire ainsi que des sauvages actuels les plus primitifs ? Comme instruments de chasse et de pêche, les premiers servant en même temps d'armes. Mais la chasse et la pêche supposent le passage de l'alimentation purement végétarienne à la consommation simultanée de la viande, et nous avons à nouveau ici un pas essentiel vers la transformation en homme. L'alimentation carnée contenait, presque toutes prêtes, les substances essentielles dont le corps a besoin pour son métabolisme ; en même temps que la digestion, elle raccourcissait dans le corps la durée des autres processus végétatifs, correspondant au processus de la vie des plantes, et gagnait ainsi plus de temps, plus de matière et plus d'appétit pour la manifestation de la vie animale au sens propre.

Et plus l'homme en formation s'éloignait de la plante, plus il s'élevait aussi au-dessus de l'animal. De même que l'accoutumance à la nourriture végétale à côté de la viande a fait des chats et des chiens sauvages les serviteurs de l'homme, de même l'accoutumance à la nourriture carnée à côté de l'alimentation végétale a essentiellement contribue à donner à l'homme en formation la force physique et l'indépendance. Mais la chose la plus essentielle a été l'action de la nourriture carnée sur le cerveau, qui recevait en quantités bien plus abondantes qu'avant les éléments nécessaires à sa nourriture et à son développement et qui, par suite, a pu se développer plus rapidement et plus parfaitement de génération en génération. N'en déplaise à MM. Les végétariens, l'homme n'est pas devenu l'homme sans régime carné, et même si le régime carné a conduit à telle ou telle période, chez tous les peuples que nous connaissons, au cannibalisme (les ancêtres des Berlinois, les Wélétabes ou Wilzes, mangeaient encore leurs parents au Xe siècle), cela ne nous fait plus rien aujourd'hui.

Le régime carné a conduit à deux nouveaux progrès d'importance décisive : l'usage du feu et la domestication des animaux. Le premier a raccourci plus encore le processus de digestion en pourvoyant la bouche d'une nourriture déjà pour ainsi dire à demi digérée ; la seconde a rendu le régime carné plus abondant en lui ouvrant, à côté de la chasse, une source nouvelle et plus régulière, et de plus, avec le lait et ses produits, elle a fourni un aliment nouveau, de valeur au moins égale à la viande par sa composition.

L'un et l'autre devinrent ainsi, d'une manière déjà directe, des moyens nouveaux d'émancipation pour l'homme ; cela nous conduirait trop loin d'entrer ici dans le détail de leurs effets indirects, si grande qu'ai été leur importance pour le développement de l'homme et de la société.

De même que l'homme apprit à manger tout ce qui était comestible, de même il apprit à vivre sous tous les climats. Il se répandit par toute la terre habitable, lui, le seul animal qui était en état de le faire par lui-même. Les autres animaux, qui se sont acclimatés partout, ne l'ont pas appris par eux-mêmes, mais seulement en suivant l'homme : ce sont les animaux domestiques et la vermine. Et le passage de la chaleur égale du climat de leur patrie primitive à des régions plus froides, où l'année se partageait en hiver et en été, créa de nouveaux besoins : des logements et des vêtements pour se protéger du froid et de l'humidité, de nouvelles branches de travail et, de là, de nouvelles activités, qui éloignèrent de plus en plus l'homme de l'animal.

Grâce à l'action conjuguée de la main, des organes de la parole et du cerveau, non seulement chez chaque individu, mais aussi dans la société, les êtres humains furent à même d'accomplir des opérations de plus en plus complexes, d'établir et d'atteindre des objectifs de plus en plus élevés.

De génération en génération, le travail lui-même devint différent, plus parfait, plus varié. À la chasse et à l'élevage s'adjoignit l'agriculture, à celle-ci s'ajoutèrent le filage, le tissage, le travail des métaux, la poterie, la navigation.

L'art et la science apparurent enfin à côté du commerce et de l'industrie, les tribus se transformèrent en nations et en États, le droit et la politique se développèrent, et, en même temps qu'eux, le reflet à travers l'imagination des choses humaines dans l'esprit de l'homme : la religion. Devant toutes ces formations, qui se présentaient au premier chef comme des produits de l'esprit et qui semblaient dominer les sociétés humaines, les produits plus modestes du travail des mains passèrent au second plan ; et cela d'autant plus que l'esprit qui établissait le plan du travail, et déjà à un stade très précoce du développement de la société (par exemple dans la famille primitive), avait la possibilité de faire exécuter par d'autres mains que les siennes propres le travail projeté. C'est à l'esprit, au développement et à l'activité du cerveau que fut attribué tout le mérite de la progression rapide de la civilisation ; les hommes s'habituèrent à expliquer leurs actions par leur pensée au lieu de l'expliquer par leurs besoins (qui cependant se reflètent assurément dans leur tête, deviennent conscients), et c'est ainsi qu'avec le temps on vit naître cette conception idéaliste du monde qui, surtout depuis le déclin du monde antique, a dominé les esprits. Elle règne encore à tel point que même les savants matérialistes de l'école de Darwin ne peuvent toujours pas se faire une idée claire de l'origine de l'homme, car, sous l'influence de cette idéologie, ils ne reconnaissent pas le rôle que le travail a joué dans cette évolution.

Comme nous l'avons déjà indiqué, les animaux modifient la nature extérieure par leur activité aussi bien que l'homme, bien que dans une mesure moindre, et, comme nous l'avons vu, les modifications qu'ils ont opérées dans leur milieu réagissent à leur tour en les transformant sur leurs auteurs. Car rien dans la nature n'arrive isolément. Chaque phénomène réagit sur l'autre et inversement, et c'est la plupart du temps parce qu'ils oublient ce mouvement et cette action réciproque universels que nos savants sont empêchés d'y voir clair dans les choses les plus simples. Nous avons vu comment les chèvres mettent obstacle au reboisement de la Grèce ; à Sainte Hélène, les chèvres et les porcs débarqués par les premiers navigateurs à la voile qui y abordèrent ont réussi à extirper presque entièrement l'ancienne flore de l'île et ont préparé le terrain sur lequel purent se propager les plantes amenées ultérieurement par d'autres navigateurs et des colons. Mais lorsque les animaux exercent une action durable sur leur milieu, cela se fait sans qu'ils le veuillent, et c'est, pour ces animaux eux-mêmes, un hasard. Or, plus les hommes s'éloignent de l'animal, plus leur action sur la nature prend le caractère d'une activité préméditée, méthodique, visant des fins déterminées, connues d'avance. L'animal détruit la végétation d'une contrée sans savoir ce qu'il fait.

L'homme la détruit pour semer dans le sol devenu disponible des céréales ou y planter des arbres et des vignes dont il sait qu'ils lui rapporteront une moisson plusieurs fois supérieure à ce qu'il a semé.

Il transfère des plantes utiles et des animaux domestiques d'un pays à l'autre et il modifie ainsi la flore et la faune de continents entiers. Plus encore. Grâce à la sélection artificielle, la main de l'homme transforme les plantes et les animaux au point qu'on ne peut plus les reconnaître. On cherche encore vainement les plantes sauvages dont descendent nos espèces de céréales. On discute encore pour savoir de quel animal sauvage descendent nos chiens, eux mêmes si différents entre eux, et nos races tout aussi nombreuses de chevaux.

D'ailleurs, il va de soi qu'il ne nous vient pas à l'idée de dénier aux animaux la faculté d'agir de façon méthodique, préméditée. Au contraire. Un mode d'action méthodique existe déjà en germe partout où du protoplasme, de l'albumine vivante existent et réagissent, c'est-à-dire exécutent des mouvements déterminés, si simples soient-ils, comme suite à des excitations externes déterminées. Une telle réaction a lieu là ou il n'existe même pas encore de cellule, et bien moins encore de cellule nerveuse. La façon dont les plantes insectivores capturent leur proie apparaît également, dans une certaine mesure, méthodique, bien qu'absolument inconsciente. Chez les animaux, la capacité d'agir de façon consciente, méthodique, se développe à mesure que se développe le système nerveux, et, chez les mammifères, elle atteint un niveau déjà élevé.

Dans la chasse à courre au renard, telle qu'on la pratique en Angleterre, on peut observer chaque jour avec quelle précision le renard sait mettre à profit sa grande connaissance des lieux pour échapper à ses poursuivants, et combien il connaît et utilise bien tous les avantages de terrain qui interrompent la piste. Chez nos animaux domestiques, que la société des hommes a développés plus encore, on peut observer chaque jour des traits de malice qui se situent tout à fait au même niveau que ceux que nous constatons chez les enfants. Car, de même que l'histoire de l'évolution de l'embryon humain dans le ventre de sa mère ne représente qu'une répétition en raccourci de l'histoire de millions d'années d'évolution physique de nos ancêtres animaux, en commençant par le ver, de même l'évolution mentale de l'enfant est une répétition, seulement plus ramassée encore, de l'évolution intellectuelle de ces ancêtres, du moins des derniers. Cependant, l'ensemble de l'action méthodique de tous les animaux n'a pas réussi à marquer la terre du sceau de leur volonté. Pour cela, il fallait l'homme.

Bref, l'animal utilise seulement la nature extérieure et provoque en elle des modifications par sa seule présence ; par les changements qu'il y apporte, l'homme l'amène à servir à ses fins, il la domine. Et c'est en cela que consiste la dernière différence essentielle entre l'homme et le reste des animaux, et cette différence, c'est encore une fois au travail que l'homme la doit.

Cependant, ne nous flattons pas trop de nos victoires sur la nature. Elle se venge sur nous de chacune d'elles. Chaque victoire a certes en premier lieu les conséquences que nous avons escomptées, mais en second et en troisième lieu, elle a des effets tout différents, imprévus, qui ne détruisent que trop souvent ces premières conséquences. Les gens qui, en Mésopotamie, en Grèce, en Asie mineure et autres lieux essartaient les forêts pour gagner de la terre arable, étaient loin de s'attendre à jeter par là les bases de l'actuelle désolation de ces pays, en détruisant avec les forêts les centres d'accumulation et de conservation de l'humidité. Les Italiens qui, sur le versant sud des Alpes, saccageaient les forêts de sapins, conservées avec tant de soins sur le versant nord, n'avaient pas idée qu'ils sapaient par là l'élevage de haute montagne sur leur territoire ; ils soupçonnaient moins encore que, ce faisant, ils privaient d'eau leurs sources de montagne pendant la plus grande partie de l'année et que celles-ci, à la saison des pluies, allaient déverser sur la plaine des torrents d'autant plus furieux. Ceux qui répandirent la pomme de terre en Europe ne savaient pas qu'avec les tubercules farineux ils répandaient aussi la scrofule. Et ainsi les faits nous rappellent à chaque pas que nous ne régnons nullement sur la nature comme un conquérant règne sur un peuple étranger, comme quelqu'un qui serait en dehors de la nature, mais que nous lui appartenons avec notre chair, notre sang, notre cerveau, que nous sommes dans son sein, et que toute notre domination sur elle réside dans l'avantage que nous avons sur l'ensemble des autres créatures, de connaître ses lois et de pouvoir nous en servir judicieusement.

Et en fait, nous apprenons chaque jour à comprendre plus correctement ces lois et à connaître les conséquences plus proches ou plus lointaines de nos interventions dans le cours normal des choses de la nature. Surtout depuis les énormes progrès des sciences de la nature au cours de ce siècle, nous sommes de plus en plus à même de connaître les conséquences naturelles lointaines, tout au moins de nos actions les plus courantes dans le domaine de la production, et, par suite, d'apprendre à les maîtriser. Mais plus il en sera ainsi, plus les hommes non seulement sentiront, mais sauront à nouveau qu'ils ne font qu'un avec la nature et plus deviendra impossible cette idée absurde et contre nature d'une opposition entre l'esprit et la matière, l'homme et la nature, l'âme et le corps, idée qui s'est répandue en Europe depuis le déclin de l'antiquité classique et qui a connu avec le christianisme son développement le plus élevé.

Mais s'il a déjà fallu le travail de millénaires pour que nous apprenions dans une certaine mesure à calculer les effets naturels lointains de nos actions visant la production, ce fut bien plus difficile encore en ce qui concerne les conséquences sociales lointaines de ces actions. Nous avons fait mention de la pomme de terre et de la propagation de la scrofule qui l'a suivie.

Mais qu'est-ce que la scrofule à côté des effets qu'a eus sur les conditions de vie des masses populaires de pays entiers la réduction de la nourriture de la population laborieuse aux seules pommes de terre ?

Qu'est-elle à côté de la famine qui, à la suite de la maladie de la pomme de terre, s'abattit sur l'Irlande en 1847, conduisit à la tombe un million d'Irlandais se nourrissant exclusivement ou presque exclusivement de ces tubercules et en jeta deux millions au-delà de l'océan ? Lorsque les Arabes apprirent à distiller l'alcool, ils n'auraient jamais pu imaginer qu'ils venaient de créer un des principaux instruments avec lesquels on rayerait de la face du monde les populations indigènes de l'Amérique non encore découverte.

Et, lorsqu'ensuite Christophe Colomb découvrit l'Amérique, il ne savait pas que, ce faisant, il rappelait à la vie l'esclavage depuis longtemps disparu en Europe et jetait les bases de la traite des Noirs.

Les hommes qui, aux XVIIe et XVIIIe siècles, travaillaient à réaliser la machine à vapeur n'avaient pas idée qu'ils créaient l'instrument qui, plus qu'aucun autre, allait révolutionner les conditions sociales du monde entier, et en particulier de l'Europe, en concentrant les richesses du côté de la minorité et en créant le dénuement du côté de l'immense majorité, la machine à vapeur allait en premier lieu procurer la domination sociale et politique à la bourgeoisie, mais ensuite elle engendrerait entre la bourgeoisie et le prolétariat une lutte de classes qui ne peut se terminer qu'avec la chute de la bourgeoisie et l'abolition de toutes les antagonismes de classes.

Mais, même dans ce domaine, nous apprenons peu à peu, au prix d'une longue et souvent dure expérience et grâce à la confrontation et à l'étude des matériaux historiques, à élucider les conséquences sociales indirectes et lointaines de notre activité productrice et, de ce fait, la possibilité nous est donnée de dominer et de régler ces conséquences aussi.

Mais, pour mener à bien cette réglementation, il faut plus que la seule connaissance. Il faut un bouleversement complet de tout notre mode de production existant, et avec lui, de tout notre régime social actuel.

Tous les modes de production existant jusqu'ici n'ont visé qu'à atteindre l'effet utile le plus proche, le plus immédiat du travail.

On laissait entièrement de côté les conséquences ultérieures, celles qui n'intervenaient que plus tard, qui n'entraient en jeu que du fait de la répétition et de l'accumulation progressives.

La propriété primitive en commun du sol correspondait d'une part à un stade de développement des hommes qui limitait somme toute leur horizon à ce qui était le plus proche, et supposait d'autre part un certain excédent de sol disponible qui laissait une certaine marge pour parer aux conséquences néfastes éventuelles de cette économie absolument primitive. Une fois cet excédent de sol épuisé, la propriété commune tomba en désuétude.

Cependant, toutes les formes supérieures de production ont abouti à séparer la population en classes différentes et, par suite, à opposer classes dominantes et classes opprimées ; ainsi, l'intérêt de la classe dominante est devenu l'élément moteur de la production, dans la mesure où celle-ci ne se limitait pas à entretenir de la façon la plus précaire l'existence des opprimés. C'est le mode de production capitaliste régnant actuellement en Europe occidentale qui réalise le plus complètement cette fin. Les capitalistes individuels qui dominent la production et l'échange ne peuvent se soucier que de l'effet utile le plus immédiat de leur action. Et même cet effet utile dans la mesure où il s'agit de l'usage de l'article produit ou échangé passe entièrement au second plan ; le profit à réaliser par la vente devient le seul moteur.

La science sociale de la bourgeoisie, l'économie politique classique, ne s'occupe principalement que des effets sociaux immédiatement recherchés des actions humaines orientées vers la production et l'échange. Cela correspond tout à fait à l'organisation sociale dont elle est l'expression théorique. Là où des capitalistes individuels produisent et échangent pour le profit immédiat, on ne peut prendre en considération au premier chef que les résultats les plus proches, les plus immédiats. Pourvu que individuellement le fabricant ou le négociant vende la marchandise produite ou achetée avec le petit profit d'usage, il est satisfait et ne se préoccupe pas de ce qu'il advient ensuite de la marchandise et de son acheteur.

Il en va de même des effets naturels de ces actions. Les planteurs espagnols à Cuba qui incendièrent les forêts sur les pentes et trouvèrent dans la cendre assez d'engrais pour une génération d'arbres à café extrêmement rentables, que leur importait que, par la suite, les averses tropicales emportent la couche de terre superficielle désormais sans protection, ne laissant derrière elle que les rochers nus ? Vis-à-vis de la nature comme de la société, on ne considère principalement, dans le mode de production actuel, que le résultat le plus proche, le plus tangible ; et ensuite on s'étonne encore que les conséquences lointaines des actions visant à ce résultat immédiat soient tout autres, le plus souvent tout à fait opposées ; que l'harmonie de l'offre et de la demande se convertisse en son opposé polaire, ainsi que nous le montre le déroulement de chaque cycle industriel décennal, et ainsi que l'Allemagne en a eu un petit avant goût avec le « krach » ; que la propriété privée reposant sur le travail personnel évolue nécessairement vers l'absence de propriété des travailleurs, tandis que toute possession se concentre de plus en plus entre les mains des non travailleurs ; que...[1]

_______________

1  Le manuscrit s'interrompt ici...

# LE PROCESSUS D'ÉVOLUTION DE L'HOMME

L'homme, lui aussi, naît par différenciation. Cela est vrai non seulement au sens de l'individu, le développement s'opérant à partir de la cellule unique de l'œuf jusqu'à l'organisme le plus complexe que produise la nature, cela est vrai aussi au sens historique. C'est le jour où, après des millénaires de lutte, la main fut définitivement différenciée du pied et l'attitude verticale enfin assurée que l'homme se sépara du singe, et que furent établies les bases du développement du langage articulé et du prodigieux perfectionnement du cerveau, qui a depuis rendu l'écart entre l'homme et le singe infranchissable. La spécialisation de la main, voilà qui signifie l'outil, et l'outil signifie l'activité spécifiquement humaine, la réaction modificatrice de l'homme sur la nature, sur la production. Il est aussi des animaux au sens étroit du mot : la fourmi, l'abeille, le castor, qui ont des outils, mais ce ne sont que des membres de leur corps ; il est aussi des animaux qui produisent, mais leur action productrice sur la nature environnante est à peu près nulle au regard de la nature. Seul l'homme est parvenu à imprimer son sceau à la nature, non seulement en déplaçant le monde végétal et animal, mais aussi en transformant l'aspect, le climat de son habitat, voire les plantes et les animaux, et cela à un point tel que les conséquences de son activité ne peuvent disparaître qu'avec le dépérissement général de la terre. S'il est parvenu à ce résultat, c'est d'abord et essentiellement grâce à la main.

Même la machine à vapeur, qui est jusqu'ici son outil le plus puissant pour transformer la nature, repose en dernière analyse, parce que c'est un outil, sur la main.

Mais la tête a accompagné pas à pas l'évolution de la main ; d'abord vint la conscience des conditions requises pour chaque résultat pratique utile et plus tard, comme conséquence, chez les peuples les plus favorisés, l'intelligence des lois naturelles qui conditionnent ces résultats utiles.

Et avec la connaissance rapidement grandissante des lois de la nature, les moyens de réagir sur la nature ont grandi aussi ; la main, à elle seule, n'aurait jamais réalisé la machine à vapeur si, corrélativement, le cerveau de l'homme ne s'était développé avec la main et à côté d'elle, et en partie grâce à elle.

Avec l'homme, nous entrons dans l'histoire. Les animaux aussi ont une histoire, celle de leur descendance et de leur développement progressif jusqu'à leur état actuel. Mais cette histoire, ils ne la font pas, et dans la mesure où ils y participent, c'est sans qu'ils le sachent ni le veuillent. Au rebours, plus les hommes s'éloignent des animaux au sens étroit du mot, plus ils font eux-mêmes, consciemment, leur histoire, plus diminue l'influence d'effets imprévus, de forces incontrôlées sur cette histoire, plus précise devient la correspondance du résultat historique avec le but fixé d'avance.

Si cependant nous appliquons ce critérium à l'histoire humaine, même à celle des peuples les plus développés de notre temps, nous trouvons qu'ici encore une disproportion gigantesque subsiste entre les buts fixés d'avance et les résultats obtenus, que les effets inattendus prédominent, que les forces incontrôlées sont beaucoup plus puissantes que celles qui sont mises en œuvre suivant un plan. Il ne peut en être autrement tant que l'activité historique la plus essentielle des hommes, celle qui les a élevés de l'animalité à l'humanité et qui constitue le fondement matériel de tous leurs autres genres d'activité, la production de ce dont ils ont besoin pour vivre, c'est-à-dire aujourd'hui la production sociale, reste soumise au jeu des effets non intentionnels de forces non contrôlées et n'atteint que par exception le but voulu, mais aboutit le plus souvent au résultat contraire. Dans les pays industriels les plus avancés, nous avons dompté les forces de la nature et les avons contraintes au service des hommes ; nous avons ainsi multiplié la production à l'infini, si bien qu'actuellement un enfant produit plus qu'autrefois cent adultes. Et quelle en est la conséquence ? Surtravail toujours croissant et misère de plus en plus grande des masses, avec, tous les dix ans, un grand krach. Darwin ne savait pas quelle âpre satire de l'humanité, et spécialement de ses concitoyens il écrivait quand il démontrait que la libre concurrence, la lutte pour la vie, célébrée par les économistes comme la plus haute conquête de l'histoire, est l'état normal du règne animal.

Seule une organisation consciente de la production sociale, dans laquelle production et répartition sont planifiées peut élever les hommes au-dessus du reste du monde anima ; au point de vue social de la même façon que la production en général les a élevés en tant qu'espèce.

L'évolution historique rend une telle organisation de jour en jour plus indispensable, mais aussi de jour en jour plus réalisable. D'elle datera une nouvelle époque de l'histoire, dans laquelle les hommes eux-mêmes, et avec eux toutes les branches de leur activité, notamment les sciences de la nature, connaîtront un progrès qui rejettera dans l'ombre la plus profonde tout ce qui l'aura précédé.

# L'ÉTAT SAUVAGE

1. – Stade inférieur Enfance du genre humain qui, vivant tout au moins en partie dans les arbres, et cela seul explique qu'il se soit maintenu malgré les grands fauves, résidait encore dans ses habitats primitifs, les forêts tropicales ou subtropicales. Des fruits avec ou sans écorce, des racines servaient à sa nourriture ; le résultat principal de cette époque, c'est l'élaboration d'un langage articulé. De tous les peuples dont on a connaissance durant la période historique, aucun n'appartenait plus à cet état primitif. Bien qu'il ait pu s'étendre sur de nombreux milliers d'années, nous ne pouvons le prouver par des témoignages directs ; cependant, une fois accordé que l'homme descend du règne animal, il devient inévitable d'admettre cette période de transition.

2. – Stade moyen Il commence avec la consommation de poissons (aussi bien que de crustacés, de coquillages et autres animaux aquatiques) et avec l'usage du feu. Les deux choses vont de pair, car la consommation de poissons n'est rendue pleinement possible que par l'usage du feu. Mais grâce à cette nouvelle alimentation, les hommes s'affranchissent du climat et des lieux ; en suivant les fleuves et les côtes, ils ont pu, même à l'état sauvage, se répandre sur la majeure partie de la terre. La diffusion sur tous les continents des outils de pierre grossièrement travaillés et non polis de la première époque de l'âge de la pierre, connus sous le nom de paléolithiques et appartenant tous ou pour la plupart à cette période, témoigne de ces migrations. L'occupation de zones nouvelles, aussi bien que l'instinct de découverte et d'invention constamment en éveil et la

possession du feu par frottement, ont procuré de nouveaux moyens de subsistance, tels que les racines et les tubercules féculents, cuits dans des cendres chaudes ou dans des fours creusés à même la terre, tels que le gibier aussi, qui, avec l'invention des premières armes, la massue et la lance, devint un appoint occasionnel de nourriture. Il n'y a jamais eu de peuples exclusivement chasseurs comme ils figurent dans les livres, c'est-à-dire de peuples qui vivent seulement de la chasse ; car le produit de la chasse est beaucoup trop aléatoire. Par suite de la précarité persistante des sources d'alimentation, il semble que le cannibalisme apparaît à ce stade pour se maintenir longtemps après. Les Australiens et beaucoup de Polynésiens en sont encore, de nos jours, à ce stade moyen de l'état sauvage.

3. – Stade supérieur Il commence avec l'invention de l'arc et de la flèche, grâce auxquels le gibier devint un aliment régulier, et la chasse, une des branches normales du travail. L'arc, la corde et la flèche forment déjà un instrument très complexe, dont l'invention présuppose une expérience prolongée, répétée, et des facultés mentales plus aiguisées, donc aussi la connaissance simultanée d'une foule d'autres inventions. Si nous comparons les peuples qui connaissent bien l'arc et la flèche, mais ne connaissent pas encore la poterie (de laquelle Morgan date le passage à l'état barbare), nous trouvons déjà, de fait, quelques premiers établissements en villages, une certaine maîtrise de la production des moyens d'existence, des récipients et des ustensiles de bois, le tissage à la main (sans métier) avec des fibres d'écorce, des paniers tressés d'écorce ou de jonc, des outils de pierre polie (néolithiques). La plupart du temps, le feu et la hache de pierre ont déjà fourni la pirogue creusée dans un tronc d'arbre et, dans certaines régions, des poutres et des planches pour la construction d'habitations. Nous trouvons par exemple tous ces progrès chez les Indiens du nord-ouest de l'Amérique, qui connaissent bien l'arc et la flèche, mais non la poterie. L'arc et la flèche ont été, pour l'état sauvage, ce qu'est l'épée de fer pour l'âge barbare et l'arme à feu pour la civilisation : l'arme décisive.

**FIN**